HÉSIODE ÉDITIONS

ARTHUR CONAN DOYLE

L'Entrepreneur de Norwood

Hésiode éditions

© Hésiode éditions.

1 rue Honoré - 93500 Pantin.
ISBN 978-2-38512-169-3
Dépôt légal : Janvier 2023

Impression Books on Demand GmbH

In de Tarpen 42
22848 Norderstedt, Allemagne

L'Entrepreneur de Norwood

— Au point de vue criminel, disait Sherlock Holmes, Londres est devenue une ville bien dépourvue d'intérêt depuis la mort du regretté professeur Moriarty !

— Vous trouverez, sans doute, peu de vos concitoyens à partager votre opinion, répondis-je.

— C'est vrai, je ne dois pas être égoïste, dit-il en souriant et en éloignant sa chaise de la table. La collectivité y a certainement gagné et personne n'y a perdu, excepté peut-être les pauvres reporters dont le gagne-pain a disparu. Avec un bonhomme comme lui sur la brèche, les journaux du matin avaient toujours du pain sur la planche. Souvent, Watson, le plus léger détail, l'indice le plus faible suffisaient à me démontrer que ce génie du mal était dans l'affaire, de même que le plus léger tremblement d'une toile d'araignée indique que le monstre se trouve au fond de sa retraite. Des vols qui semblaient sans importance, des attaques qui paraissaient sans but, des outrages présumés inutiles constituaient pour moi, qui tenais la clef du mystère, un tout inséparable. Pour celui qui étudiait scientifiquement le monde du crime, aucune capitale d'Europe n'offrait alors les sujets que Londres possédait, mais maintenant…

Il haussa les épaules, comme s'il se plaignait en plaisantant d'un état de choses qu'il avait tout fait pour établir.

À l'époque dont je parle, Holmes était de retour depuis plusieurs mois. Sur sa demande, j'avais cédé ma clientèle de Kensington et j'étais revenu partager son vieil appartement dans Baker Street. Un jeune docteur nommé Verner l'avait achetée, sans discussion, au prix le plus élevé que j'avais cru pouvoir demander. Cet incident ne reçut, d'ailleurs, que plus tard son explication, quand j'appris que Verner était un parent éloigné de Holmes et que c'était en réalité mon ami qui lui avait fourni les fonds.

Les premiers mois de notre camaraderie n'avaient pas été si peu remplis d'événements qu'il voulait bien le dire, car, en parcourant mes notes, je me rappelle que nous avions eu à nous occuper de l'affaire des papiers de l'ex-président Murello, et de l'accident du steamer danois le Friesland, où nous avions tous les deux failli perdre la vie. Sa nature froide et fière ne cherchait nullement à s'attirer les applaudissements du public, et il m'avait ordonné de ne plus jamais parler ni de lui, ni de ses méthodes, ni de ses succès, défense qu'il vient seulement de lever.

Sherlock Holmes, après avoir protesté comme on l'a vu plus haut, s'était allongé dans son fauteuil, et il ouvrait tranquillement son journal, quand notre attention fut attirée par un violent coup de sonnette, suivi immédiatement d'un bruit sourd, comme si l'on donnait des coups de poing sur la porte d'entrée. À peine fut-elle ouverte, qu'on entendit courir sous le hall, et que des pas rapides montèrent bruyamment l'escalier. Un instant après, un jeune homme, les yeux hagards, le teint pâle, échevelé, les traits bouleversés, se précipita dans l'appartement. Son regard alla de l'un à l'autre et, voyant notre étonnement, il comprit qu'il nous devait des excuses pour son entrée sans cérémonie.

– Je suis désolé, monsieur Holmes, s'écria-t-il. Il ne faut pas m'en vouloir. Je suis à moitié fou, monsieur Holmes. Je suis le malheureux Hector Mac Farlane !

Il prononça ces mots comme si son nom seul devait nous expliquer le but de sa visite ; mais je vis bien à la figure de mon compagnon qu'il ne comprenait pas plus que moi.

– Prenez donc une cigarette, monsieur Mac Farlane, dit-il en lui offrant son étui. Je suis persuadé qu'avec les symptômes que vous présentez, mon ami le Dr Watson vous prescrirait un sédatif. Il fait si chaud depuis quelques jours ! Maintenant, si vous vous sentez un peu remis, je serai très heureux de vous voir prendre ce fauteuil, et de vous entendre raconter, avec le plus grand calme, qui vous êtes et ce comme si j'étais censé le connaître, mais je vous assure qu'à part certains détails évidents qui permettent d'affirmer que vous êtes célibataire, solicitor, franc-maçon et asthmatique, je ne connais rien de vous.

Familier comme j'étais avec les méthodes de mon ami, il ne m'était pas difficile de suivre ses déductions et d'observer le désordre des vêtements du jeune homme, sa serviette bourrée de papier timbré, les breloques de sa chaîne de montre et sa respiration haletante. Notre client nous contempla cependant avec surprise.

– Oui, je suis bien tout cela, et de plus l'homme de Londres le plus malheureux en ce moment. Pour l'amour de Dieu, monsieur Holmes, ne m'abandonnez pas ! Si l'on vient m'arrêter avant que j'aie terminé mon histoire, faites-moi donner le temps de vous faire connaître toute la vérité. J'irai heureux en prison, si je sais que vous vous occupez de moi !

– Vous arrêter ! dit Holmes. C'est réellement très amus… très intéressant. Et sous quelle prévention vous arrêterait-on ?

– Sous prévention de l'assassinat de Mr. Jonas Oldacre, de Lower Norwood.

La figure expressive de mon ami laissa percer une sympathie qui n'était pas, je le crois bien, exempte de quelque satisfaction.

– Vraiment ! dit-il. Je disais précisément ce matin à mon ami, le Dr Watson, que les affaires sensationnelles devenaient de plus en plus rares dans les journaux.

Notre visiteur allongea une main tremblante et ramassa le Daily Telegraph qui était posé sur les genoux de Holmes.

– Si vous l'avez lu, monsieur, vous aurez vu au premier coup d'œil le motif de ma visite de ce matin. Il me semble que mon nom et mon malheur sont sur les lèvres de tous.

Il retourna le journal et présenta la page du milieu.

– Voici, dit-il ; avec votre permission, je vais vous le lire. Écoutez, monsieur Holmes. Voici l'en-tête : « Le mystère de Lower Norwood. La disparition d'un entrepreneur bien connu. Soupçon d'assassinat et d'incendie. La piste de l'assassin. » C'est cette piste que l'on suit déjà, monsieur Holmes, et je sais qu'infailliblement elle conduit vers moi. On me suit depuis la gare de London Bridge et je suis sûr qu'on n'attend qu'un mandat pour m'arrêter. Cela va briser le cœur de ma pauvre mère ! oui, cela va lui briser le cœur !

Il joignit les mains dans une attitude de supplication tout en se balançant sur sa chaise.

Je regardai avec le plus vif intérêt cet homme sous le coup d'une accusation capitale. Il était blond, d'une beauté fade, avec des yeux bleus effarés, la face rasée, la bouche faible et timide. Il pouvait avoir vingt-sept ans ; sa tenue et son maintien étaient ceux d'un homme bien élevé. De la poche de son pardessus d'été, sortait une liasse de papiers d'affaires qui dénotaient sa profession.

– Il nous faut d'abord utiliser le temps que nous avons de libre, dit Holmes ; Watson, ayez donc la bonté de prendre ce journal et de lire l'article en question.

Sous l'en-tête en gros caractères que notre client venait d'indiquer, je lus la narration suivante :

« À la fin de la nuit dernière ou vers l'aube, un fait s'est produit à Lower Norwood, qui permet de croire à un crime très grave. M. Jonas Oldacre était une des personnalités les plus connues de ce faubourg, où il avait établi depuis de longues années ses bureaux d'entrepreneur de constructions. Célibataire, âgé de cinquante-deux ans, il habitait Deep Deen House, du côté de Sydenham, sur la route du même nom. Il passait pour avoir des habitudes fort excentriques, et être très fermé dans sa manière de vivre. Depuis quelques années il s'était pour ainsi dire retiré des affaires, où il avait, dit-on, amassé une grosse fortune. Une petite cour contenant des bois de construction se trouve derrière la maison. La nuit dernière, vers minuit, on s'aperçut qu'un tas de ces bois était en feu ; les pompiers ne tardèrent pas à arriver sur les lieux, mais le bois très sec, brûlait avec furie : l'incendie ne put être arrêté et bientôt tout le tas fut la proie des flammes. Jusqu'alors cette affaire ne semblait être qu'un simple accident, mais de nouveaux détails semblent faire croire à un crime. On a été fort surpris de l'absence du maître de la maison sur le théâtre de l'incendie, et l'enquête à laquelle il a été procédé a démontré qu'il avait disparu. L'examen de sa chambre a établi que son lit n'avait pas été défait, que le coffre-fort, qui se trouvait dans sa chambre, avait été ouvert et qu'un grand nombre de papiers importants avaient été jetés pêle-mêle dans la pièce. On a constaté également des indices de lutte ; des traces de sang ont été trouvées dans la chambre, ainsi que sur une canne en chêne dont la poignée était maculée de sang. Il n'est pas douteux que M. Jonas Oldacre a reçu, dans la soirée d'hier, une visite très tardive ; et la canne a été reconnue pour être la propriété du visiteur, qui n'est autre qu'un jeune solicitor de Londres, qui répond au nom de John Hector Mac Farlane, associé de Graham et Mac Farlane, 426, Gresham Buildings E. C. La police croit avoir en sa possession la preuve évidente de sa culpabilité, et il n'est pas douteux que des faits sensationnels vont se produire incessamment.

« Dernière heure. – Le bruit court, au moment où nous mettons sous presse, que M. John Hector Mac Farlane a été arrêté sous l'inculpation de l'assassinat de M. Jonas Oldacre ; ce qui est certain, c'est qu'un mandat a été décerné contre lui. L'enquête faite à Norwood a amené la découverte de charges particulièrement graves. En plus des signes de lutte dans la chambre à coucher du malheureux entrepreneur, on a établi que les fenêtres de cette pièce, sise au rez-de-chaussée, étaient ouvertes, et on a relevé la trace d'un objet lourd qui a dû être traîné jusqu'au tas de bois ; enfin on a, paraît-il, découvert des débris humains carbonisés au milieu des décombres. L'opinion de la police est qu'un crime sensationnel a été commis, que la victime a été assassinée dans sa chambre, ses papiers bouleversés et son cadavre traîné jusqu'au tas de bois auquel le coupable a mis le feu pour effacer toute trace de son crime. L'enquête est conduite par les soins expérimentés de l'inspecteur Lestrade, de Scotland Yard, qui suit tous les indices avec son énergie accoutumée. »

. . . .
. . . .

Sherlock Holmes écoutait, les yeux fermés les mains jointes, ce récit remarquable.

– L'affaire présente bien quelque intérêt, dit-il d'un ton nonchalant. Puis-je vous demander tout d'abord, monsieur Mac Farlane, comment vous êtes encore en liberté puisqu'il y a, paraît-il, assez de preuves pour justifier votre arrestation ?

– J'habite à Torrington Lodge, Blackheath, avec mes parents, monsieur Holmes, mais la nuit dernière, très tard, ayant des affaires à régler avec M. Jonas Oldacre, je suis descendu à un hôtel de Norwood et, de là, je suis venu à mon bureau. Je ne savais rien de l'affaire jusqu'à ce que je fusse dans le train. Quand j'ai eu lu ce que vous venez d'entendre, j'ai compris de suite l'horrible danger de ma position et je suis accouru mettre l'affaire entre vos mains. Sans aucun doute j'aurais déjà été arrêté si je m'étais présenté à mes bureaux ou à mon domicile. On me suit depuis la gare de London Bridge et, certainement… Grand Dieu ! qu'est-ce cela ?

Un violent coup de sonnette avait retenti ; il fut suivi de pas lourds qui se firent entendre dans l'escalier. Un instant après, notre vieille connaissance

Lestrade fit son apparition dans l'encadrement de la porte. Par-dessus son épaule, j'aperçus des policemen en uniforme qui se tenaient sur le palier.

– Monsieur John Hector Mac Farlane ? dit Lestrade.

Notre malheureux client se leva avec la figure livide.

– Je vous arrête sous l'inculpation d'homicide volontaire sur la personne de M. Jonas Oldacre, de Lower Norwood.

Mac Farlane se tourna vers nous avec un geste de désespoir, et retomba écrasé sur son fauteuil.

– Un moment, Lestrade, dit Holmes, une demi-heure de plus ou de moins n'a pas d'importance, et ce gentleman était sur le point de nous donner sur cette affaire des détails qui pouvaient l'éclaircir.

– Elle ne sera pas difficile à éclaircir ! dit Lestrade d'un ton lugubre.

– Néanmoins, avec votre permission, je serais charmé d'entendre son récit.

– Eh bien, monsieur Holmes, vous savez bien qu'il m'est difficile de vous refuser quelque chose, car une ou deux fois vous nous avez déjà rendu des services, et nous vous devons plus d'un succès à Scotland Yard, dit Lestrade. Cependant il faut que je reste avec mon prisonnier, et je dois l'avertir que tout ce qu'il dira pourra se retourner contre lui.

– Je ne demande pas mieux, répondit notre client ; tout ce que je désire, c'est que vous puissiez entendre et reconnaître la vérité tout entière.

Lestrade regarda sa montre.

– Je vous donne une demi-heure, dit-il.

– Je dois d'abord expliquer, dit Mac Farlane, que je ne connaissais nullement M. Jonas Oldacre. Son nom m'était familier, car il y a longtemps mes parents l'avaient connu, mais ils s'étaient perdus de vue. Je fus donc très surpris quand hier, vers trois heures, il entra dans mon bureau à la Cité ; mon étonnement ne fit que s'accroître quand il m'eut indiqué le but de sa visite.

Il tenait à la main plusieurs feuilles d'un agenda, couvertes de gribouillages – les voici d'ailleurs – et il les posa sur mon bureau ; « – Voici mon testament fit-il, et je vous prierai de lui donner la forme légale. Je vais m'asseoir ici pendant ce temps-là. » Je me mis moi-même à le copier, et vous imaginerez mon étonnement quand je vis qu'à part quelques legs, il me laissait toute sa fortune. C'était un petit homme très bizarre, aux yeux de furet, aux cils blancs ; quand je le regardai je vis que ses yeux très vifs m'examinaient avec une expression particulièrement maligne. Je ne pouvais en croire mes sens en lisant les termes de son testament, mais il m'expliqua qu'il était célibataire, n'avait que des parents éloignés ; qu'il avait connu mon père et ma mère dans sa jeunesse, avait toujours entendu dire que j'étais un jeune homme très méritant, et que, dans ces conditions, il serait heureux de voir sa fortune tomber dans des mains qui en seraient dignes. Je balbutiai des remerciements. Le testament fut bientôt terminé, signé en présence de mon clerc. Le voici sur ce papier bleu, et, comme je vous l'ai expliqué, ces feuillets en sont le brouillon. M. Jonas Oldacre m'informa ensuite qu'il avait un grand nombre de documents, des baux de constructions, des titres, des obligations hypothécaires, etc., que je devais examiner avec lui pour me mettre au courant. Il ajouta qu'il n'aurait pas l'esprit tranquille jusqu'au moment où tout serait en règle, et il m'invita à venir chez lui à Norwood, cette nuit même, avec le testament sur moi, afin de tout terminer.

« – Rappelez-vous mon garçon », me dit-il, « pas un mot à vos parents jusqu'à ce que tout soit fini. C'est une surprise que je leur ménage. » Il insista beaucoup sur ce point et obtint de moi une promesse formelle.

Vous pensez bien, monsieur Holmes, que je n'étais pas en situation de lui refuser ce qu'il pouvait me demander. Il était devenu mon bienfaiteur et je n'avais qu'un désir, celui de suivre ses volontés jusque dans les plus petits détails. J'envoyai une dépêche chez moi pour dire qu'une affaire importante m'était survenue, et que je ne savais à quelle heure je rentrerais. M. Oldacre m'avait invité à souper avec lui à neuf heures, car il ne rentrerait pas sans doute avant cette heure-là. J'éprouvai quelques difficultés à trouver sa maison, et il était près de neuf heures et demie quand j'entrai.

– Un instant, dit Holmes ? Qui vous a ouvert la porte ?

– Une femme d'un certain âge, qui devait être sans doute sa femme de charge.

– Ce fut elle qui vous annonça ?

– Précisément, dit Mac Farlane.

– Continuez, je vous prie.

Mac Farlane essuya ses tempes mouillées de sueur et continua son récit :

– Je fus donc introduit par cette femme dans le parloir où un souper frugal était préparé. Plus tard M. Jonas Oldacre me conduisit dans sa chambre à coucher où se trouvait un énorme coffre-fort. Il l'ouvrit, en sortit une liasse de papiers que nous parcourûmes ensemble. Nous terminâmes entre onze heures et minuit ; il me fit remarquer alors qu'il ne fallait pas déranger sa femme de charge et me fit sortir par la porte vitrée qui était restée ouverte.

– Le store était-il baissé ? demanda Holmes.

– Je n'en suis pas sûr, mais je crois qu'il l'était à moitié… Oui, je me rappelle maintenant qu'il le fit monter pour ouvrir la porte-fenêtre toute grande. Je ne pus trouver ma canne et il me dit : « – Cela ne fait rien, mon garçon ; j'espère maintenant que je vous verrai souvent ; je la garderai jusqu'à ce que veniez me la réclamer. » Je le quittai, le coffre-fort ouvert et les papiers rangés en paquets sur la table. Il était si tard que je ne pouvais songer à retourner à Blackheath ; je passai donc la nuit à l'hôtel Anerly Arms et je n'ai rien su de plus jusqu'à ce matin où j'ai appris cet horrible drame.

– Avez-vous encore quelque chose à lui demander, monsieur Holmes ? dit Lestrade, dont les sourcils s'étaient plus d'une fois froncés pendant le cours de ce récit.

– Non, jusqu'à ce que je sois allé à Blackheath.

– Vous voulez dire Norwood, fit Lestrade.

– Qui, sans doute… c'est ce que je voulais dire, répondit Holmes avec un sourire énigmatique.

Lestrade avait appris, par plus d'expériences qu'il n'eût voulu l'avouer, que ce cerveau d'acier était de taille à dénouer des énigmes insolubles pour lui. Je le vis regarder mon ami avec curiosité.

– Je serais heureux de vous parler tout à l'heure, monsieur Sherlock Holmes, dit-il. Et maintenant, monsieur Mac Farlane, deux de mes agents sont à la porte et un fiacre vous attend en bas.

Le malheureux jeune homme se leva et, après avoir jeté vers nous un regard suppliant, quitta l'appartement. Les agents le conduisirent au fiacre, mais Lestrade resta.

Holmes avait ramassé les pages du brouillon du testament et les regardait avec le plus vif intérêt.

– Il y a quelque chose dans ces documents, n'est-ce pas, Lestrade ? dit-il en les lui tendant.

L'inspecteur les regarda d'un air embarrassé.

– Je puis lire les premières lignes, celles du milieu de la seconde page et quelques-unes à la fin. Elles sont nettes comme des caractères d'imprimerie, mais l'écriture des autres pages est détestable et il y a même trois endroits que je ne puis déchiffrer.

– Que dites-vous de cela ? demanda Holmes.

– Eh bien, qu'en dites-vous, vous ?

– Cela a été écrit dans un train. Les parties bien écrites l'ont été aux arrêts dans les gares, les mauvaises pendant le trajet et les très mauvaises l'ont été aux aiguilles d'embranchement. Un expert scientifique vous dirait que cela a été fait sur une ligne de banlieue, car n'importe où, excepté près d'une grande ville, on ne trouverait autant d'aiguilles se succédant aussi rapidement. Si l'on admet qu'il a passé tout son voyage à écrire le testament, le train était un express qui ne s'est arrêté qu'une fois entre Norwood et London Bridge.

Lestrade se mit à rire.

– Vous êtes trop fort pour moi, quand vous commencez vos théories, monsieur Holmes, dit-il, mais est-ce que tout cela a trait à l'affaire ?

– Cela corrobore tout simplement la déclaration du jeune homme, sur ce point que le testament a été fait par Jonas Oldacre au cours de son voyage. C'est curieux, n'est-ce pas, d'avoir confectionné un semblable document dans de pareilles conditions ? Cela vous suggère aussitôt l'idée que cet acte, dans sa pensée, n'avait pas une très grande importance. Un homme qui fait son testament de cette manière ne saurait mieux établir son intention de n'y attacher aucun effet réel.

– Et pourtant, à ce moment, il a signé son arrêt de mort ! dit Lestrade.

– Vraiment ?

– Vous ne le croyez pas, vous ?

– C'est possible, mais je ne trouve pas l'affaire élucidée en ce qui me concerne.

– Pas élucidée !… Eh bien ! quelle affaire trouveriez-vous claire, sinon celle-ci ? Voilà un jeune homme qui apprend tout à coup qu'après le décès d'un vieillard il bénéficiera d'une fortune ; que fait-il ? Sans rien révéler à personne, il donne un prétexte pour s'absenter, va le soir même rendre visite à son client, attend le moment où la seule personne qui habite la maison se soit mise au lit, et alors, dans la solitude, il assassine ce vieillard dans la chambre, brûle le cadavre sur un tas de bois, et va coucher dans un hôtel voisin. Les taches de sang dans l'appartement et sur la canne sont très légères ; il est probable qu'il avait présumé qu'il pourrait accomplir son crime sans trop d'effusion de sang, et il n'avait pas hésité à croire que, si le cadavre avait pu être consumé, le genre de mort de sa victime serait demeuré inconnu… et aurait empêché les soupçons de se porter sur lui. N'est-ce pas évident ?

– Je trouve même, mon cher Lestrade, que cela paraît trop évident, dit Holmes. Parmi vos nombreuses qualités, il vous manque l'imagination ; mais si vous pouviez par la pensée vous mettre à la place de ce jeune homme, auriez-vous choisi précisément la nuit même où le testament aurait été fait en votre faveur pour commettre le crime ? N'auriez-vous pas trouvé trop dangereux cette corrélation entre les deux faits ? De plus, auriez-vous choisi une occasion pareille, quand tout le monde pouvait savoir que vous étiez venu dans la maison, puisque c'était la domestique elle-même qui vous avait introduit ? Enfin, auriez-vous pris le soin de faire disparaître le cadavre, et de laisser votre canne en évidence pour bien établir que vous étiez l'assassin ? Avouez, Lestrade, que tout cela est bien invraisemblable.

– Quant à la canne, monsieur Holmes, vous le savez aussi bien que moi, un criminel est souvent si bouleversé, qu'il n'agit pas comme un homme qui a son sang-froid. Sans doute, il a eu peur de retourner la chercher dans la chambre. Trouvez-moi donc une hypothèse qui puisse se concilier avec les faits ?

– Je vous en indiquerais facilement une demi-douzaine, dit Holmes. En voici une, par exemple, qui est possible et même probable. Je vous en fais cadeau : Le vieillard est en train de montrer ses papiers qui ont évidemment beaucoup de valeur ; passe un vagabond qui l'aperçoit à travers la fenêtre, car le store n'est qu'à moitié baissé ; le solicitor part, et le vagabond fait son entrée, saisit la canne qu'il aperçoit, tue Oldacre, et disparaît après avoir brûlé le cadavre.

– Pourquoi le vagabond l'aurait-il fait disparaître ?

– Eh bien, et Mac Farlane, pourquoi l'aurait-il brûlé ?

– Afin de faire disparaître toute preuve.

– Un vagabond eût tout aussi bien éprouvé le besoin de cacher l'assassinat.

– Mais, comment un vagabond n'aurait-il rien volé ?

– Parce qu'il n'aurait jamais pu négocier ces valeurs.

Lestrade secoua la tête, bien qu'il me parût avoir quelque peu perdu de son assurance.

– Eh bien ! monsieur Sherlock Holmes, cherchez donc votre vagabond, et pendant que vous le chercherez, nous, nous tiendrons notre homme. L'avenir dira qui de nous deux avait raison. Mais remarquez ce détail, monsieur Holmes : aucun document à notre connaissance n'a été enlevé et seul notre prisonnier n'avait aucune raison de les prendre, puisqu'il était légataire, et que, par suite, il devait les avoir plus tard.

Mon ami sembla frappé par cette observation.

– Je vous accorde que les apparences sont tout à fait favorables à votre système, dit-il ; je veux seulement vous démontrer qu'il y en a d'autres possibles. Ainsi que vous venez de le dire, l'avenir décidera. Bonjour ! Peut-être bien, dans le courant de la journée, j'irai à Norwood voir comment vont les affaires.

Après le départ du détective, mon ami se leva et fit ses préparatifs pour le travail de la journée, avec l'air alerte d'un homme auquel convient l'œuvre qu'il va accomplir.

– Mon premier objectif, Watson, dit-il en passant sa redingote, est d'aller du côté de Blackheath.

– Pourquoi pas à Norwood ?

– Parce que, dans cette affaire, il y a un fait extraordinaire qui est comme la suite d'un autre fait aussi singulier. La police a commis la faute de concentrer toute son attention sur le second, parce que c'est le seul qui constitue le crime. Pour moi, il est évident que la logique, au début de cette affaire, exige qu'on élucide le premier point… ce testament bizarre, fait si rapidement, qui instituait un légataire si inattendu. Cela pourra simplifier la solution… Je ne pense pas, mon cher ami, que vous puissiez m'aider ; il n'y a aucune perspective de danger, sans quoi, je ne songerais pas un instant à partir sans vous. J'espère que ce soir je pourrai vous annoncer quelque découverte disculpant ce malheureux jeune homme qui s'est mis sous notre protection.

Mon ami rentra tard, et je vis de suite, à ses traits fatigués, à sa figure anxieuse, que le grand espoir qui l'avait soutenu le matin avait été déçu. Pendant une heure, il joua du violon, cherchant à calmer l'agitation de ses nerfs. Enfin, il jeta son instrument et me fit un récit détaillé de ses mésaventures.

– Tout va mal, Watson, aussi mal que possible ; j'ai fait bonne contenance devant Lestrade, mais vraiment je crois que, pour une fois, l'animal est sur la bonne piste, comme nous sur la mauvaise. Mon instinct penche d'un côté, les faits matériels de l'autre, et il est fort à craindre que les bons jurés anglais n'aient pas le degré d'intelligence qui leur permettrait de croire plutôt à mon système qu'aux faits positifs établis par Lestrade.

– Êtes-vous allé à Blackheath ?

– Oui. Watson, j'y suis allé, et je n'ai pas tardé à me rendre compte que feu Oldacre était un fameux gredin. Le père de Mac Farlane était parti à la recherche de son fils, la mère seule était à la maison : une petite femme aux cheveux frisés, aux yeux bleus, toute tremblante de crainte et d'indignation. Bien entendu, elle ne pouvait admettre même la possibilité d'un crime commis par son fils, mais elle n'exprima ni la moindre surprise, ni le moindre regret de la mort d'Oldacre. Au contraire, elle m'en parla avec tant d'amertume qu'inconsciemment son attitude venait fortifier le système de la police, car certainement si son fils l'a entendue parler de cette façon, il a dû être prédisposé à la haine et à la violence.

« – Il ressemble plus à un singe méchant et rusé qu'à un être humain, me dit-elle, et il en a toujours été ainsi, même pendant sa jeunesse.

« – Vous l'avez connu à cette époque ?

« – Oui, je l'ai bien connu. Il avait même demandé ma main. Dieu merci ! j'ai eu le bon sens de le refuser, pour épouser un homme meilleur bien que moins riche. J'étais même fiancée avec lui, monsieur Holmes, quand on me raconta sur son compte une histoire ignoble : il avait enfermé un chat dans une volière ! Je fus si épouvantée de sa cruauté que je ne voulus plus le voir. »

Elle chercha dans son bureau et trouva enfin une photographie de femme, lacérée par des coups de canif.

« – C'est ma photographie, dit-elle ; il me l'a retournée dans cet état, le jour de mon mariage, accompagnée de sa malédiction.

« – Eh bien, lui dis-je, au moins il vous a pardonné maintenant, puisqu'il a laissé toute sa fortune à votre fils ?

« – Ni mon fils, ni moi, ne voulons rien de Jonas Oldacre, qu'il soit en vie ou qu'il soit mort, s'écria-t-elle avec énergie. Il y a un Dieu au ciel, monsieur Holmes, et ce même Dieu punira ce méchant homme et démontrera, quand le moment sera venu, que les mains de mon fils ne sont pas souillées de son sang ! »

J'essayai de la sonder à plusieurs reprises, mais je n'arrivai à rien obtenir qui fût de nature à appuyer notre hypothèse que semblaient, au contraire, infirmer certains détails. J'y renonçai et partis à Norwood.

La maison appelée Deep Deen House est une importante villa moderne, construite en briques rouges, située au milieu d'une plaine et bordée de lauriers. À droite et à quelque distance de la route se trouve la cour, dans laquelle étaient placés les tas de bois où avait éclaté l'incendie. Voici, d'ailleurs, un plan sur mon carnet. Cette porte-fenêtre à gauche donne dans la chambre d'Oldacre ; de la route on peut voir à l'intérieur. C'est la seule fiche de consolation de ma journée. Lestrade n'était pas là, mais son agent en chef m'a fait les honneurs de l'immeuble. Ils venaient de découvrir une charge très grave. Après avoir passé la matinée à fouiller les cendres, ils avaient trouvé, près des restes humains carbonisés, plusieurs disques de métal décolorés. Je les examinai avec soin ; sans aucun doute c'étaient des boutons de pantalon ; j'ai pu même distinguer sur l'un d'eux le nom de Hyams, le tailleur du vieux Oldacre. J'ai fouillé avec le plus grand soin la pelouse pour m'assurer s'il existait des empreintes de pas, mais la sécheresse a rendu la terre dure comme du fer. On n'a rien pu distinguer, sauf qu'un corps ou un paquet a été traîné à travers une haie de troënes qui se trouve dans la direction du tas de bois. Tout cela concorde avec le système de l'accusation. Pendant une heure, sous le soleil brûlant d'août, je me suis traîné à plat ventre sur la pelouse sans être plus avancé.

Après ce fiasco, je suis allé dans la chambre à coucher que j'ai examinée à fond. Les taches de sang sont très légères, presque décolorées, mais sans nul doute toutes fraîches. La canne avait été mise de côté, elle portait elle aussi de légères taches de sang. Elle appartient à notre client, cela n'est pas douteux, il le reconnaît d'ailleurs. On voit les traces des pas de deux hommes sur le tapis, mais non d'une troisième personne. Sur ce point encore, nos adversaires l'emportent, leurs charges ne font que s'amonceler, tandis que nous restons dans le statu quo.

Je n'ai eu qu'un seul petit rayon d'espoir, et c'est presque insignifiant. J'ai examiné le contenu du coffre-fort ; la plupart des objets qu'il contenait étaient épars sur la table. Les papiers avaient été placés sous des enveloppes scellées, dont une ou deux ouvertes par la police. Ils n'avaient pas, autant que je pus en juger, une grande valeur et le carnet de chèques ne semblait pas indiquer une grosse fortune chez M. Oldacre. Il me sembla pourtant que tous les documents ne se trouvaient pas là. Il y avait des allusions à certains titres, ceux, sans doute, qui avaient le plus de valeur, que je ne pouvais pas trouver. Si nous pouvions le prouver, bien entendu, cela retournerait l'argument de Lestrade contre lui-même, car quel intérêt aurait eu notre client à voler des titres dont il devait hériter ?

Enfin, après avoir tout fouillé sans découvrir aucun indice, je me rabattis sur la femme de charge. Mrs. Lexington, tel est son nom, est une femme brune, très silencieuse, au regard soupçonneux et fuyant. Elle pourrait nous dire bien des choses, si elle le voulait, j'en suis convaincu, mais elle est cachetée comme la cire. Elle avait introduit a-t-elle dit, M. Mac Farlane à neuf heures et demie. Elle était allée se coucher à dix heures et demie. Sa chambre était à l'autre extrémité de la maison, de telle sorte qu'elle n'avait pu rien entendre de ce qui s'était passé dans celle de son maître. M. Mac Farlane avait, autant qu'elle pouvait s'en souvenir, laissé son chapeau et sa canne dans le vestibule. Elle n'avait été réveillée que par les cris : « Au feu. » Son pauvre maître avait certainement été assassiné. Avait-il des ennemis ? Tout homme a des ennemis, mais M. Oldacre vivait très retiré et ne voyait personne que pour ses affaires ! Elle avait vu les boutons et était sûre qu'ils avaient appartenu au vêtement qu'il portait ce soir-là. Le tas de bois était très sec, car il n'avait pas plu depuis un mois ; il flamba comme allumette et, quand elle arriva, on ne voyait que des flammes. Elle avait, ainsi que tous les pompiers, senti l'odeur de la chair brûlée. Elle ne savait rien ni des documents, ni des affaires privées de M. Oldacre.

Voilà, mon cher Watson, le rapport sur mon échec. Et pourtant !… pourtant !… dit-il, en serrant ses mains maigres dans le paroxysme de la conviction… je sens que l'accusation fait fausse route, je le sens au plus intime de moi-même. Il y a quelque chose qui n'est pas clair et que connaît sûrement la femme de charge. Il y avait dans son regard, une méfiance instinctive qui se trouve toujours chez ceux qui sont au courant d'un crime. Qu'importe ! À quoi bon parler de tout cela, Watson ! À moins qu'une chance heureuse ne vienne nous favoriser, je crains fort que la disparition mystérieuse de Norwood ne figure pas sur la liste de nos succès, qui, je le prévois, seront tôt ou tard livrés à la publicité.

– Cependant, lui dis-je, l'attitude de l'accusé impressionnera favorablement le jury.

– Il ne faut pas s'y fier, mon cher Watson ; vous rappelez-vous ce terrible assassin, Bert Stevens, qui nous pria de nous occuper de lui en 1887 ? Avez-vous jamais rencontré un jeune homme d'apparence plus douce, de manières plus onctueuses ?

– C'est vrai !

– À moins que nous ne puissions établir un autre système pouvant se justifier, notre jeune homme est perdu ! Vous ne trouverez pas un point dans l'affaire qui ne devienne une arme contre lui et l'enquête tout entière est terrible. Cependant il y a un détail à propos des papiers d'affaires, qui pourra nous servir comme point de départ des recherches. En regardant le carnet de chèques, j'ai constaté que le solde du crédit d'Oldacre était presque insignifiant et cela parce que, pendant le courant de l'année dernière, il avait souscrit des chèques très importants à un certain M. Cornelius. J'avoue que je serais très heureux de savoir quel est ce personnage avec lequel l'entrepreneur retiré des affaires a de si importantes relations. Ne serait-il pas pour quelque chose dans le drame ? Cornelius peut être un courtier, pourtant je n'ai trouvé aucune note correspondant à des paiements aussi importants. À défaut d'autres indications, il y a lieu de rechercher à la Banque quelle est la personne qui a touché ces chèques ; malgré tout, je crains bien que notre affaire n'échoue misérablement et que Lestrade n'arrive à faire pendre son client, ce qui sera un triomphe pour Scotland Yard.

Je ne sus jamais si Sherlock Holmes dormit bien cette nuit-là ; à déjeuner, je le trouvai pâle et fatigué, les yeux encore plus brillants sous leur cercle bleuâtre. Le tapis, tout autour de sa chaise, était jonché de bouts de cigarettes et de journaux du matin. Un télégramme était ouvert sur la table.

– Que pensez-vous de ceci ? dit Holmes, en me le tendant.

Il venait de Norwood et était ainsi conçu :

« Nouvelle charge accablante, culpabilité Mac Farlane définitivement établie, vous conseille abandonner affaire, Lestrade. »

– Cela paraît sérieux ! m'écriai-je.

– C'est le chant de triomphe de Lestrade, répondit Holmes avec un sourire amer. Pourtant il serait peut-être prématuré d'abandonner notre cause. Après tout, une charge nouvelle est quelquefois une arme à deux tranchants, et peut très bien démontrer toute autre chose que ce que croit Lestrade. Déjeunez donc, Watson, nous sortirons ensemble voir ce que nous pourrons faire. Je sens que j'aurai besoin aujourd'hui de votre compagnie et de votre appui moral.

Mon ami ne déjeuna pas ; c'était chez lui une règle que dans les coups de feu il ne prenait aucune nourriture, et il comptait tellement sur son tempérament d'acier que je l'avais vu tomber d'inanition dans de semblables occasions.

« En ces moments, je ne puis consacrer mon énergie et ma force nerveuse à la digestion », avait-il l'habitude de dire quand, en qualité de médecin, je lui faisais des remontrances amicales. Je ne fus donc pas surpris de le voir ce matin-là se mettre en route avec moi, vers Norwood sans avoir touché à son repas. Une foule toujours avide de spectacles malsains entourait encore Deep Deen House, cette villa du faubourg, que j'ai déjà décrite. De l'intérieur du jardin, Lestrade se dirigea vers nous, le visage rayonnant de sa victoire, exultant d'un triomphe de mauvais goût.

– Eh bien, monsieur Holmes, êtes-vous arrivé à démontrer que nous avons fait fausse route ? Avez-vous trouvé votre vagabond ? cria-t-il.

– Je n'ai encore formulé aucune conclusion, reprit mon ami.

– Nous avons formulé les nôtres hier, et nous avons la preuve absolue. Il vous faudra donc reconnaître cette fois-ci, monsieur Holmes, que nous vous avons dépassé.

– Vous avez l'air, en effet, d'avoir découvert quelque chose de peu ordinaire, dit Holmes.

Lestrade partit d'un rire bruyant.

– Vous êtes bien comme les autres, vous n'aimez pas à être battu, dit-il, mais on ne peut pas s'attendre à avoir toujours raison, n'est-ce pas, docteur Watson ? Venez par ici, messieurs, je pense bien que je vais vous convaincre, une fois pour toutes, que c'est bien John Mac Farlane qui a commis le crime.

Il nous fit traverser le corridor et nous fit pénétrer dans un vestibule obscur qui se trouvait par derrière.

– C'est ici que le jeune Mac Farlane a dû prendre son chapeau après avoir commis le crime, dit-il : voyez donc cela…

D'un geste dramatique, il fit craquer une allumette et nous pûmes apercevoir une tache de sang sur le mur blanchi à la chaux. Quand il eut approché l'allumette plus près, je pus me rendre compte que ce n'était pas une tache, mais bien l'empreinte très nette d'un pouce.

– Regardez donc avec votre loupe, monsieur Holmes.

– C'est ce que je fais.

– Vous savez, n'est-ce pas, qu'il n'existe pas deux pouces donnant la même empreinte.

– J'ai bien entendu dire quelque chose comme cela.

– Eh bien, veuillez donc comparer cette empreinte avec celle du pouce droit de Mac Farlane qu'on a prise par mon ordre, ce matin.

Il tenait l'empreinte en cire près de la tache de sang ; il n'y avait pas besoin de se servir d'une loupe pour constater que toutes les deux avaient été faites par le même pouce. Il était évident, pour moi, que notre malheureux client était perdu.

– C'est péremptoire ! dit Lestrade.

– Oui, péremptoire, dis-je, comme un écho.

– C'est péremptoire ! dit Holmes.

Il y avait, dans le ton de sa voix, une nuance qui me frappa et je me retournai pour le regarder. Sa figure était changée d'une manière extraordinaire ; ses yeux brillaient comme des étoiles, et l'on sentait qu'il faisait des efforts désespérés pour résister au fou rire.

– Vraiment ! vraiment ! dit-il enfin. Qui l'aurait pensé ? Que les apparences sont donc trompeuses ! Il semblait un si aimable jeune homme ! Ce sera une leçon pour nous de ne pas croire à notre premier mouvement, n'est-ce pas, Lestrade ?

– Oui, quelques personnes, en effet, ont la mauvaise habitude de se croire trop sûres d'elles-mêmes, monsieur Holmes.

L'insolence de l'agent était énervante, mais il était impossible d'y répondre.

– Quelle chance providentielle que ce jeune homme ait justement appuyé son pouce droit contre le mur en prenant son chapeau ! C'est un acte si naturel, au fait, quand on y pense.

Holmes était extraordinairement calme, mais on sentait toujours en lui la lutte contre le rire.

– À propos, Lestrade, qui donc a fait cette découverte remarquable ?

– Mrs. Lexington, la femme de charge qui a attiré sur ce point l'attention du constable de nuit.

– Où était le constable de nuit ?

– Il est resté de garde dans la chambre où le crime avait été commis, afin d'empêcher qu'on ne touche à rien.

– Comment se fait-il que la police n'ait pas remarqué cette empreinte hier ?

– Nous n'avions aucun motif spécial d'examiner avec soin ce vestibule… Elle se trouve, d'ailleurs, dans un endroit peu en vue.

– Non, non, bien entendu, il n'y a aucun doute, évidemment, sur le point de savoir si l'empreinte en question s'y trouvait hier !

Lestrade regarda Holmes comme s'il le croyait devenu subitement fou. Moi-même, j'étais quelque peu surpris de ses manières joyeuses et de son observation quelque peu incohérente.

– Est-ce que vous penseriez que Mac Farlane est sorti, cette nuit, de la prison dans le but de fournir lui-même une preuve nouvelle de sa culpabilité ? dit Lestrade. N'importe quel expert viendra nous affirmer que c'est bien là l'empreinte de son pouce.

– Ce point est hors de doute !

– Eh bien ! cela suffit, dit Lestrade. Je suis un homme pratique, monsieur Holmes, et quand j'établis une preuve j'en tire mes conclusions. Si vous avez quelque chose à me dire, vous me trouverez dans le parloir en train de rédiger mon rapport.

Holmes avait enfin recouvré son égalité d'humeur dans laquelle je démêlais cependant une nuance d'ironie.

– Vraiment, c'est une triste découverte, pour notre client, n'est-ce pas, Watson ? dit-il. Et cependant tout espoir pour lui n'est pas perdu.

– Je suis ravi de vous l'entendre affirmer, dis-je d'un ton joyeux, je craignais bien que tout ne fût fini pour lui.

– Je ne vais pas jusqu'à dire qu'il est sauvé, mon cher Watson, mais tout simplement qu'il y a une fuite sérieuse dans la constatation à laquelle l'ami Lestrade attache une si haute importance.

– Vraiment, Holmes ? et laquelle donc ?

– Celle-ci, tout simplement : je suis sûr que cette tache n'était pas là quand j'ai examiné hier le vestibule. Et maintenant, Watson, faisons donc maintenant un petit tour au soleil.

Les idées confuses, mais un rayon d'espoir au cœur, j'accompagnai mon ami dans sa promenade autour du jardin. Holmes examina successivement avec la plus grande attention chacune des quatre faces de la maison. Ensuite, il pénétra à l'intérieur et parcourut tout l'immeuble de la cave au grenier. La plupart des chambres étaient vides, mais cependant Holmes les inspecta très minutieusement. Enfin, dans le corridor supérieur sur lequel s'ouvraient trois chambres non meublées, il fut saisi d'un spasme de rire.

– Il y a vraiment des traits absolument uniques dans cette affaire, Watson, dit-il. Le moment est venu, je crois, de mettre notre ami Lestrade dans la confidence. Il s'est amusé à nos dépens, nous allons, sans doute, lui rendre la monnaie de sa pièce, si j'ai, comme je le crois, trouvé la clef du problème. Oui… oui, je vois comment nous allons le résoudre.

L'inspecteur de Scotland Yard écrivait dans le parloir, quand Holmes vint le déranger.

– Vous rédigez, je crois, votre rapport sur cette affaire, dit-il.

– Oui.

– Ne pensez-vous pas que c'est un peu prématuré ? Je ne puis m'empêcher de croire que votre preuve n'est pas absolue.

Lestrade connaissait trop bien mon ami pour se méprendre au ton de ses paroles. Il posa sa plume et le regarda avec curiosité.

– Que voulez-vous dire, monsieur Holmes ?

– Qu'il y a tout simplement un témoin important que vous n'avez pas vu.

– Pouvez-vous le produire ?

– Je crois que oui.

– Faites-le donc !

– Je ferai de mon mieux. Combien d'agents avez-vous ?

– J'en ai trois sous la main.

– Très bien, dit Holmes. Sont-ils solides ? Ont-ils des voix fortes ?

– Je n'en doute pas, mais je n'aperçois pas ce que leur voix peut avoir à faire en tout ceci.

– Peut-être vous aiderai-je à vous en apercevoir et d'autres choses aussi, dit Holmes. Ayez donc la bonté de les faire venir et je vais essayer.

Cinq minutes plus tard, les trois agents étaient réunis dans le vestibule.

– Dans le bûcher vous trouverez une grande quantité de paille, dit Holmes, veuillez aller m'en chercher deux bottes… elles feront apparaître le témoin que nous attendons. Je vous remercie, vous avez bien quelques allumettes dans votre poche, Watson ? Et maintenant, monsieur Lestrade, ayez donc l'amabilité de m'accompagner jusqu'en haut.

Ainsi que je l'ai dit, un large corridor desservait trois chambres à coucher vides. Sherlock Holmes nous conduisit à l'une des extrémités de ce couloir, tandis que les agents riaient, et que Lestrade le regardait fixement. L'étonnement, l'anxiété, l'ironie se succédaient sur son visage. Holmes se tenait devant nous ; on eût dit un prestidigitateur préparant un de ses tours.

– Voulez-vous être assez aimable pour faire monter deux seaux d'eau par vos constables ? Mettez la paille par terre loin du mur de chaque côté. Et maintenant, tout est prêt ?

La physionomie de Lestrade commença à s'empourprer de colère.

– Je ne sais pas si vous voulez vous payer notre tête, monsieur Sherlock Holmes, dit-il ; si vous savez réellement quelque chose, vous n'avez pas besoin de tout cet attirail.

– Je vous assure, mon brave Lestrade, que j'ai d'excellentes raisons d'agir comme je le fais. Vous vous rappelez peut-être qu'il y a quelques heures à peine, vous vous moquiez de moi quand le soleil était de votre côté ; il ne faut pas m'en vouloir si, maintenant, je vous traite en grande pompe et cérémonie. Ouvrez la fenêtre, je vous prie, Watson, et enflammez la paille.

C'est ce que je fis ; chassée par le courant d'air, une spirale de fumée grise s'éleva dans le corridor, tandis que la paille sèche flambait en pétillant.

– Nous allons voir maintenant si nous pouvons vous trouver votre témoin, Lestrade. Veuillez vous joindre à moi en criant : « Au feu ! » Allons… un, deux, trois !

– Au feu ! criâmes-nous.

– Merci ! encore une fois, je vous prie.

– Au feu !

– Une dernière fois, messieurs, et tous ensemble !

– Au feu !

Le cri dut être entendu dans tout Norwood. Il cessait à peine qu'un spectacle extraordinaire se produisit. Une porte s'ouvrit tout à coup à l'autre extrémité du corridor, dans ce qui paraissait être le mur, et un petit homme tout ratatiné en sortit comme un lapin de son terrier.

– Parfait ! dit Holmes avec calme ; Watson, un seau d'eau sur la paille ! Ça y est ! Lestrade, permettez-moi de vous présenter votre témoin principal, M. Jonas Oldacre.

Le détective dévisagea l'inconnu avec une expression d'étonnement sans bornes. Les yeux de cet homme clignotaient à la lumière crue du corridor. Il jetait des regards sur nous et sur le feu qui se mourait. Sa physionomie était odieuse, sournoise, vicieuse, méchante, avec des yeux fuyants gris pâle et des cils blancs.

– Qu'est cela ? dit enfin Lestrade. Qu'avez-vous fait tout ce temps-ci, eh ?

Oldacre eut un rire gêné et se détourna du visage rouge et furieux du détective.

– Je ne faisais pas de mal !

– Pas de mal ? Vous avez fait tout ce que vous avez pu pour faire pendre un innocent, et vous auriez même peut-être réussi, si ce gentleman que voici n'était pas intervenu.

Le misérable commença à pleurnicher.

– Je vous assure, monsieur, que ce n'était qu'une plaisanterie de ma part.

– Oh ! une plaisanterie ! Les rieurs ne seront pas de votre côté, je vous rassure ! Arrêtez-le et gardez-le à vue dans le parloir jusqu'à mon retour. Monsieur Holmes, continua-t-il après le départ de ses agents, je ne pouvais parler devant les constables, mais la présence du Dr Watson ne m'empêchera pas d'affirmer que voilà la plus belle affaire que vous ayez débrouillée, bien que la manière dont vous avez opéré reste pour moi un mystère. Vous avez sauvé la vie d'un innocent et vous avez empêché un scandale qui eût ruiné ma réputation dans notre corps.

Holmes sourit et, tapant sur l'épaule de Lestrade :

– Bien loin d'être ruinée, mon brave ami, votre réputation n'en sera que plus brillante. Vous n'avez qu'à faire quelques changements dans le rapport que vous rédigiez, et l'on verra combien il est difficile de jeter de la poudre aux yeux de l'inspecteur Lestrade.

– Vous ne voulez donc pas que votre nom paraisse ?

– Pas du tout. Le succès est ma seule récompense. Peut-être, dans des jours lointains, la gloire me viendra-t-elle, mais ce sera quand j'aurai permis à mon historiographe zélé de mettre au jour son manuscrit, n'est-ce pas, Watson ? Voyons maintenant où ce rat se cachait.

À environ six pieds de l'extrémité du corridor avait été élevé un mur de lattes et de plâtre, percé d'une porte habilement dissimulée. Ce réduit était éclairé seulement par les intervalles ménagés entre les tuiles. Quelques meubles, de l'eau, des provisions de bouche, se trouvaient à l'intérieur, ainsi qu'un grand nombre de livres et de papiers.

– Voilà l'avantage d'être entrepreneur, dit Holmes tandis que nous sortions. Il a pu se construire une cachette sans avoir eu besoin de recourir à un complice, sauf, bien entendu, cette précieuse femme de charge que je vous conseille, Lestrade, de mettre dans le même sac.

– Je suivrai certainement votre avis, mais comment avez-vous découvert ce réduit, monsieur Holmes ?

– J'avais toujours dans l'idée que mon gaillard était caché dans la maison. Je n'eus plus de doute après avoir remarqué que le corridor en question était de six pieds moins long que celui qui lui correspondait à l'étage inférieur. Je pensais bien qu'il n'aurait pas la force de rester calme en entendant les cris d'alarme.

Nous aurions pu, il est vrai, le surprendre dans sa cachette, mais cela me paraissait plus piquant de le faire se dénicher lui-même ; et puis aussi, Lestrade, je vous devais bien une petite mystification pour vos plaisanteries de ce matin.

– Certainement, monsieur, vous m'avez rendu la monnaie de ma pièce ; mais comment, diable, avez-vous soupçonné sa présence dans la maison ?

– L'empreinte du pouce, Lestrade ! Vous aviez déclaré que cette découverte était péremptoire… c'était vrai, mais dans un autre sens. Je savais que cette tache ne se trouvait pas la veille sur le mur. J'apporte, ainsi que vous avez pu vous en rendre compte, la plus grande attention à l'examen des détails ; j'avais examiné le vestibule et j'avais la certitude que le mur était absolument net. Donc l'empreinte avait été faite pendant la nuit.

– Mais comment ?

– Très simplement ! Quand les papiers d'affaires avaient été scellés. Jonas Oldacre avait dû obtenir de Mac Farlane, qu'il posât le pouce sur la cire molle pour les cacheter. Cela a dû être fait si vivement et si naturellement que sans nul doute le jeune homme ne doit même pas s'en souvenir. C'est probablement ainsi que les choses se sont passées ; sans doute même Oldacre ne soupçonnait pas à ce moment comment il s'en servirait. Au cours des réflexions qu'il a dû faire dans son réduit, il a songé quelle preuve indiscutable il pourrait établir de la culpabilité de Mac Farlane en se servant de l'empreinte de son pouce. Rien ne lui était plus facile que de reproduire cette empreinte apposée sur la cire, en la mouillant du sang produit par une piqûre d'épingle et l'apposant sur le mur soit par lui-même, soit par sa femme de charge. Si l'on examine les papiers qu'il avait cachés avec lui dans son réduit, je parie qu'on y trouvera le cachet avec l'empreinte du pouce de Mac Farlane.

– Étonnant, dit Lestrade, étonnant, c'est clair comme de l'eau de roche, grâce à vous ! Et quel était le mobile de toute cette invention, monsieur Holmes ?

La nouvelle attitude du détective était vraiment amusante à voir ; on eût dit un élève posant des questions à son précepteur.

– Eh bien, je crois qu'il n'est pas très difficile de l'expliquer ; ce gentleman qui nous attend en bas est très méchant et très vindicatif, vous savez que la mère de Mac Farlane avait jadis refusé sa main ?... Vous ne le saviez pas ? Je vous avais pourtant dit de faire une enquête d'abord à Blackheath avant d'aller à Norwood. Cette injure, qui lui tenait si fort au cœur, s'est incrustée dans son cerveau méchant et intrigant, et toute sa vie s'est passée à chercher un moyen de vengeance, sans l'avoir trouvé jusqu'à ce moment. Au cours de ces deux dernières années ses affaires ont périclité, car il spéculait secrètement, je crois, et il se trouve actuellement dans une mauvaise passe. Il a formé le dessein d'escroquer ses créanciers et, dans ce but, il a souscrit des valeurs importantes au profit d'un certain Cornelius, qui, j'imagine, n'est autre que lui-même sous un autre nom. Je n'ai pas encore suivi la trace de ces chèques, mais sans doute ils ont été escomptés dans une banque d'une ville de province, où Oldacre mène de temps en temps son existence en partie double. Il avait l'intention à la fois de changer de nom, de réaliser sa fortune et de disparaître pour recommencer ailleurs une nouvelle vie.

– C'est bien probable.

– Il a sans doute songé qu'en disparaissant ainsi, il éviterait, d'une part, des poursuites et, d'autre part, tirerait une vengeance éclatante de son ancienne fiancée, s'il pouvait faire croire qu'il avait été assassiné par son unique enfant. C'était un chef-d'œuvre de lâcheté et il a réussi comme un maître. L'idée du testament qui donnait un mobile apparent au crime, la visite secrète faite à l'insu des parents, la possession de la canne, le sang, les restes d'ossements calcinés, les boutons trouvés près des piles de bois, tout cela était admirable ! C'était un réseau de faits, qui me paraissait, il y a quelques heures, ne laisser aucune chance de salut. Mais il manquait à notre homme la suprême qualité de l'artiste, celle de savoir où il faut s'arrêter. Il voulait perfectionner ce qui était déjà parfait, serrer encore davantage la corde autour du cou de sa malheureuse victime et c'est ainsi qu'il a tout détruit… Descendons, Lestrade, je désire lui poser une ou deux questions.

L'infâme personnage était assis dans son parloir entre deux policemen.

– C'était une plaisanterie, mon bon monsieur, et rien de plus ! gémit-il sans discontinuer. Je me suis uniquement caché pour savoir l'effet que produirait ma disparition et, j'en suis persuadé, vous n'êtes pas assez injuste pour croire que j'aurais laissé aucun mal en résulter pour ce pauvre Mac Farlane.

– C'est ce que le jury décidera, dit Lestrade, nous aurons toujours une affaire de complot prémédité, si nous n'avons pas une tentative d'assassinat.

– Et sans doute vos créanciers pourront toucher à la banque les valeurs de M. Cornelius, dit Holmes.

Le petit homme sursauta et tourna ses yeux vers mon ami.

– J'ai beaucoup à vous remercier ; peut-être un jour pourrai-je m'acquitter de ma dette !

Holmes sourit avec indulgence.

– Je crois que votre temps sera très bien employé pendant quelques années, dit-il. À propos, qu'avez-vous donc mis sous le tas de bois, en sus de votre vieux pantalon ? Un chien crevé, des lapins, ou quoi ? Vous ne voulez pas me le dire ? Vraiment, ce n'est pas gentil ! Sans doute une couple de lapins ont suffi pour fournir le sang et les débris d'os nécessaires ! Si jamais vous faites un compte rendu de l'affaire, Watson, vous pourrez opter pour les lapins.